6 Avril 1886
Bordeaux

Bordeaux 6 Avril 86.

V

VILLE DE BORDEAUX

COLLECTION DE M. ÉDOUARD FAUCHÉ

CATALOGUE

DE L'IMPORTANTE COLLECTION DE

FAÏENCES ET PORCELAINES ANCIENNES

MEUBLES ET OBJETS D'ART

Composant le Cabinet de M. Édouard FAUCHÉ

ET DONT LA VENTE AUX ENCHÈRES AURA LIEU

LE MARDI 6 AVRIL 1886

ET JOURS SUIVANTS

à une heure de l'après-midi

A L'HOTEL DES VENTES MOBILIÈRES, A BORDEAUX

Rue de Grassi, salle A

Par le ministère de Me MARION, commissaire-priseur

EXPOSITIONS

PARTICULIÈRE, **le Dimanche 4 Avril:**
PUBLIQUE, **le Lundi 5 Avril.**

Bordeaux. — Imp. G. Gounouilhou, rue Guiraude, 11

VILLE DE BORDEAUX

COLLECTION DE M. ÉDOUARD FAUCHÉ

CATALOGUE

DE L'IMPORTANTE COLLECTION DE

FAÏENCES ET PORCELAINES ANCIENNES

MEUBLES ET OBJETS D'ART

Composant le Cabinet de M. Édouard FAUCHÉ

ET DONT LA VENTE AUX ENCHÈRES AURA LIEU

LE MARDI 6 AVRIL 1886

ET JOURS SUIVANTS

à une heure de l'après-midi

A L'HOTEL DES VENTES MOBILIÈRES, A BORDEAUX

Rue de Grassi, salle A

Par le ministère de Me MARION, commissaire-priseur

EXPOSITIONS

PARTICULIÈRE, le Dimanche 4 Avril;
PUBLIQUE, le Lundi 5 Avril.

NOTA.

La presque totalité des pièces de cette importante collection **sont intactes.**

AVIS

Indépendamment de l'exposition publique générale annoncée pour les 4 et 5 avril, il y aura chaque matin, de neuf heures à onze heures, une exposition spéciale et publique des objets qui devront être compris dans la vente du jour.

Cette dernière exposition sera faite pour éviter tout retard au moment de la mise en adjudication, et, par suite, il demeure établi qu'à la vente les pièces seront seulement présentées sur le bureau et ne circuleront pas parmi le public.

CONDITIONS DE LA VENTE :

Elle sera faite au comptant.

Les adjudicataires paieront, en sus des enchères, *cinq pour cent* applicables aux frais de la vente.

Les expositions, et en particulier celle qui sera faite le matin, mettant les acheteurs en mesure de se rendre compte de l'état des objets, il ne sera admis aucune réclamation une fois l'adjudication prononcée.

ORDRE DE VENTE :

6 avril : *Marseille, Nevers, Strasbourg.*
7 — *Rouen, Sinceny, Moustiers, Samadet.*
8 — *Niderviller, Montpellier, Bordeaux, Moulins, Martre, Avignon, Saint-Clément, Bergerac.*
9 — *Hollandaises, Italiennes.*
10 — *Nuremberg, Espagnoles, Surprises, Terres vernissées, Porcelaines.*

DÉSIGNATION DU CATALOGUE

ROUEN

1 GRAND PLAT OVALE, 60 c. sur 45 c., décor bleu à deux teintes avec buste et cul-de-lampe au centre; marli câblé avec arabesque, fleurs et fruits.

2 GRAND PLAT OBLONG polychrome, 42 c. sur 32 c., à bord mouvementé, décor dit *à la double corne d'abondance.*

3 GRAND PLAT ROND polychrome, 35 c., à bord mouvementé, décor dit *à la double corne d'abondance.*

4 ASSIETTE polychrome, 22 c., décor dit *à la pagode.* Pagode chinoise au centre, fleurettes et quadrillés au marli.

5 ASSIETTE polychrome, 22 c., décor dit *au papillon.* Le fond est occupé par un grand papillon; le marli, par des quadrillés et des médaillons, avec pagodes chinoises.

6 ASSIETTE polychrome, 23 c., décor dit *au papillon.* Le fond est occupé par un grand papillon; le marli, par des quadrillés et des ornements en chiens courants de couleur orange.

7 ASSIETTE, décor camaïeu bleu à deux teintes, dit *à la corbeille.* Le centre est occupé par une corbeille remplie de fleurs et de fruits; le marli, par des écussons quadrillés reliés entre eux par des guirlandes de fleurs.

8 ASSIETTE polychrome, 25 c., décor dit *à la tulipe.* Un gros bouquet de fleurs où domine une tulipe forme le motif principal du décor; deux autres bouquets de moindre grandeur l'accompagnent. *(Reproduite dans l'album des faïences rouennaises de Pottier.)*

9 ASSIETTE polychrome, 25 c., semblable à la précédente.

10 ASSIETTE polychrome, 25 c., semblable à la précédente.

11 ASSIETTE polychrome, 23 c., décor dit *aux perdrix*. Au centre, deux perdrix avec plantes, fleurs et insectes; au marli, bouquets de fleurs avec papillon et insectes.

12 POTICHE polychrome, 35 c. de h., richement décorée de cornes d'abondance, de fleurs et de fruits, avec volutes supportant un carquois et un paon.

13 PLATEAU polychrome, ou Surtout de service à trois pieds et à six pans arrondis très mouvementés, 43 c., décor dit *de Bérain*. Au centre, une Bellone distribuant des couronnes; au-dessous, des singes faisant rôtir un volatile; sur les côtés, des vases supportant des arbustes enguirlandés de pampres sur lesquels se détachent deux médaillons avec sujets bachiques représentant : l'un, le triomphe de Bacchus; l'autre, sa chute. *(Pièce très remarquable de la fabrication rouennaise.)*

14 PAIRE DE FLAMBEAUX, 20 c. de h., style Louis XIII, à décors bleus à deux teintes.

15 GRAND PLAT ROND polychrome, 45 c., décor dit *à la corbeille*. Au centre, une corbeille remplie de fleurs; sur le marli, peint en bleu, se détachent des fleurs, des feuillages et des fruits sur champ d'épargne. *(Pièce très belle.)*

16 GRANDE VASQUE OVALE, ou bain-de-pieds, 25 c. de h. sur 49 c. de long. et 41 c. de large, décor dit *aux lambrequins*, camaïeu bleu à deux teintes avec champ d'épargne. Très riche de composition. Le fond de la vasque est entièrement couvert par un sujet représentant le sommeil de Vénus. *(Pièce de musée.)*

17 GRAND PLAT OBLONG polychrome et à pans coupés, 50 c. sur 36 c., décor dit *à la guirlande*. Au centre, une corbeille remplie de fleurs; sur le marli, très richement décoré d'arabesques et de feuillages peints en champ d'épargne sur un

fond bleu, se détachent six corbeilles de fleurs reliées entre elles par des guirlandes. *(Pièce de musée.)*

18 POT A EAU polychrome, 20 c. de h., décor dit *aux Chinois* avec personnage, fleurs et pagode chinoise.

19 ÉCRITOIRE RONDE polychrome, 9 c. de h. sur 12 de diam., décor dit *à la pagode chinoise* avec personnages.

20 SOUPIÈRE RONDE polychrome, 25 c. de diam., décor dit *à la corne d'abondance*, avec son couvercle.

21 SOUPIÈRE RONDE polychrome, 27 c. de diam., décor dit *à la corne d'abondance*, avec son couvercle.

22 ÉCUELLE polychrome, 15 c. de diam., décor dit *à la corne d'abondance*.

23 PLAT ROND polychrome, 35 c., à bord mouvementé, décor dit *à la corbeille*. Au centre, une corbeille de fleurs; au marli, des arabesques avec fleurs de pommes de terre et bluets.

24 LÉGUMIER ou soupière oblongue polychrome, 32 c. sur 22 c., décor dit *à la corne d'abondance*, avec son couvercle.

25 BANNETTE ou plat oblong à pans coupés et à anses, 45 c. de long sur 31 c. de large, décor camaïeu bleu à deux teintes avec champ d'épargne. Au centre, un masque avec motifs de feuillages et de guirlandes; au marli, riche ornementation de feuillages et de corbeilles de fleurs.

26 FONTAINE-APPLIQUE polychrome, 40 c. de h., décor dit *à la guirlande*, avec sa vasque.

27 PLAT OBLONG polychrome, 35 c. sur 24 c., à bord mouvementé, décor dit *à la double corne d'abondance*.

28 LÉGUMIER ou soupière oblongue polychrome, 25 c. sur 18 c., décor dit *à la corne d'abondance*, avec son couvercle.

29 ASSIETTE polychrome, 22 c., décor dit *à la corbeille*. Au centre, une corbeille de fleurs; au marli, une riche bordure avec fleurettes se détachant en champ d'épargne sur un fond

bleu, avec accompagnement de masques et de feuillages. Très fine d'émail.

30 ASSIETTE polychrome, 26 c., à bord sinueux. Tout le fond est occupé par un pied de fleurs reposant sur un terrain où croissent des bleuets; le marli, par des quadrillés. Fabrique de Guillebeau.

31 ASSIETTE polychrome, 22 c., à bord sinueux, décor dit *à la corbeille*. Au centre, une corbeille de fleurs; au marli, des arabesques où la couleur rouge domine.

32 ASSIETTE polychrome, 22 c., semblable à la précédente.

33 ASSIETTE polychrome, 24 c. Tout le fond est occupé par des couplets sur la naissance d'un dauphin de France surmontés d'un double écusson (France et Dauphin); au marli, une riche bordure allégorique où figurent huit écussons fleurdelysés soutenus par des dauphins. Voici ces couplets avec leur orthographe :

CHANSON SUR LA NAISSANCE DU DAUPHIN.

1er COUPLET.

Venus en ce jour
Comble nos cœurs d'allegresse
Venus en ce jour
Donne naissance a l'amour.
Francois cherissons
Et donnons notre tendresse
Francois cherissons
Cet auguste regetton.

2e COUPLET.

Francois de ton cœur
Par des fêtes éclatantes
Francois de ton cœur
Fait nous sentir le bonheur.
Célebre en ce jour
Trois Deïtes bienfaisantes
Célebre en ce jour
Bourbon l'Autriche et l'Amour.

34 PLAT PROFOND polychrome, de forme oblongue et à angles droits, 37 c. sur 27 c., décor dit *à l'écharpe*. Au centre, un sujet camaïeu bleu à deux teintes représentant des musiciens exécutant un concert champêtre; au marli, des écussons quadrillés se détachant sur champ d'épargne et reliés entre eux par des écharpes remplies de fleurs et de fruits polychromes. *(Pièce de musée.)*

35 PLATEAU OCTOGONE polychrome, 29 c., très riche de décor, période du style dit *rayonnant*, avec quatre corbeilles de

fleurs et quatre écussons quadrillés formant alternativement rayons; au centre, motifs de fleurs et d'oiseaux. *(Pièce de musée.)*

36 **BOUTEILLE** polychrome à large panse, légèrement aplatie, 34 c. de h. Sur l'une des faces, un médaillon dans lequel est représentée une scène d'auberge assez grivoise (Le remède); sur l'autre, des vers pour expliquer cette scène :

O Mars, quel triste destin
De voir la tendre Catin
Après avoir vidé tant de verres
Passer aux mains de cet apothicaire.

(Pièce de musée. — *Le Musée céramique de Rouen possède un plat sur lequel est représenté le même sujet, mais moins bien traité et sans les vers qui accompagnent celui-ci.*)

37 **ASSIETTE** polychrome, 24 c., à bord sinueux, très riche de décor, période du style dit *rayonnant,* avec ornementation en champ d'épargne. Au centre, un œillet; au marli, une armoirie de marquis. *(Pièce de musée.)*

38 **PETITE CORBEILLE** à marli treillagé et à jours, 20 c., avec sujet et personnage champêtres en camaïeu bleu à deux teintes. *(Pièce très belle et artistement peinte.)*

39 **PLAT OCTOGONE** polychrome, 38 c., décor dit *à la guirlande.* Au centre, une corbeille de fleurs; au marli, très riche ornementation d'écussons garnis de corbeilles de fleurs et reliés entre eux par des guirlandes.

40 **GRAND PLAT OBLONG** polychrome, 45 c. sur 32 c., à bord sinueux *(période dite japonaise)* où le bleu et le vert dominent. Au centre, une sorte de jardinière rouge avec oiseau, fleurs et insecte.

41 **ASSIETTE** polychrome, 24 c., à bord sinueux, mêmes style et décor que le plat précédent.

42 **ASSIETTE** polychrome, 26 c., à bord sinueux, décor dit *à la double corne d'abondance.* Très riche d'ornementation.

43 **PETITE POTICHE** polychrome, 21 c. de h., décor dit *à la guirlande.*

44 PLAT OBLONG polychrome, 39 c. sur 27 c., à bord mouvementé, décor dit *à la double corne d'abondance.*

45 PAIRE DE FLAMBEAUX style Louis XV, avec décor de fleurs camaïeu bleu et noir.

46 GOURDE DE PÈLERIN polychrome, 16 c. de h., décorée de trois médaillons avec paysages sur la panse inférieure.

47 ASSIETTE polychrome, 24 c., décor dit *à la pagode.* Au centre, une pagode chinoise; sur le marli peint en bleu se détachent, en champ d'épargne, des fleurs et des fruits polychromes. *(Pièce rare.)*

48 ASSIETTE polychrome, 24 c., décor dit *à la pagode.* Au centre, une pagode chinoise; sur le marli peint en bleu se détachent, en champ d'épargne, des marguerites jaunes et des cartouches ornés de fleurs.

49 ASSIETTE polychrome, 24 c., à bord mouvementé, décor dit *au bouquet.* Au centre, un bouquet de fleurs avec papillon; au marli, des fleurs détachées.

50 ASSIETTE polychrome, 24 c., semblable à la précédente.

51 ASSIETTE polychrome, 25 c., à bord sinueux, décor dit *à la corbeille.* Le centre est occupé par une corbeille de fleurs; le marli, par des écussons quadrillés reliés entre eux par des guirlandes.

52 PLAT OBLONG polychrome, 36 c. sur 26 c., à bord mouvementé, décor dit *à la corne d'abondance.*

53 PETIT CACHE-POT polychrome, 10 c. de h. sur 11 c. de larg., décor dit *à la corne d'abondance.*

54 DEUX ASSIETTES polychromes, 24 c., à bord mouvementé, dites *assiettes de mariage* décorées, l'une, du patron de l'époux, l'autre de la patronne de l'épouse, avec noms des familles et date du mariage.

55 PAIRE DE FLAMBEAUX LOUIS XIII, 21 c. de h., décor bleu à deux teintes.

56 PAIRE DE SALIÈRES, 7 c. de h., décor bleu avec champ d'épargne.

57 ASSIETTE à bord mouvementé, 25 c., décor dit *à la guirlande,* camaïeu bleu à deux teintes chatironné de noir. Au centre, une corbeille de fleurs; au marli, des cartouches quadrillés reliés entre eux par des guirlandes.

58 TABLE A OUVRAGE LOUIS XIV avec plateau ou dessus en faïence polychrome, 67 c. sur 50 c., décor dit *à la corbeille, style rayonnant* avec motifs en champ d'épargne sur fond bleu et accompagnement de guirlandes de fleurs. (*Pièce de musée* très remarquable comme rareté et dimensions.)

59 ASSIETTE, 23 c., décor camaïeu bleu à deux teintes, chatironné de manganèse. Au centre, une grande armoirie de marquis supportée par deux lions; au marli, une ornementation dans le style des faïences de Moustiers.

60 ASSIETTE polychrome, 25 c., décor dit *de Ducerceau.* Au centre, un mascaron festonné, ocre brun avec arabesques noires sur lequel se détachent, en champ d'épargne, deux amours camaïeu bleu jouant de la trompe et accompagnés de huit guirlandes bleues disposées en rayons ; marli orné d'une bordure ocre brun avec quadrillés et arabesques noirs. (Reproduite dans l'album de Pottier comme *pièce remarquable* de la fabrication rouennaise.)

61 ASSIETTE polychrome à bord sinueux, 23 c., décor dit *à la corne d'abondance.*

62 ASSIETTE polychrome à bord sinueux, 25 c., décor dit *à la guirlande.* Au centre, une corbeille de fleurs; au marli, des écussons quadrillés reliés entre eux par de riches guirlandes de fleurs.

63 ASSIETTE à bord sinueux, camaïeu bleu à trois teintes, chatironné de manganèse, décor dit *à la guipure.* Au centre, un hanap rempli de fleurs et de fruits; au marli, des cornes d'abondance, des quadrillés, des coquilles, etc., rappelant les dessins des guipures antiques. *(Pièce très rare.)*

64 ASSIETTE polychrome, 25 c., décor dit aux *couplets en musique.* Tout le fond est occupé par une chanson avec son air mis en musique; au marli, des quadrillés et des écussons remplis de fleurs se détachent sur un fond peint en bleu avec fleurs et feuillage sur champ d'épargne. Voici le couplet :

COLINET.

Quand Sylvandre parle à Thémise
Il soupire, il est tout défait.
Mais, pour moi, quand l'amour m'inspire,
J'aime à rire, je suis guilleret.
Je trouve ainsi le secret.
De faire danser Babet
Au doux son de mon flageolet.

65 ASSIETTE camaïeu bleu pâle à deux teintes rehaussé de rouge bistré, décor dit *à la coupe.* Au centre, une coupe remplie de fleurs; au marli, des quadrillés et des guirlandes de fleurs très finement peints. Très bel émail. (*Pièce remarquable.)*

66 ASSIETTE polychrome, 25 c., décor dit *aux quatre saisons.* Tout le fond est occupé par un paysage dans lequel sont réunis quatre personnages allégoriques représentant les saisons avec le char du soleil parcourant la nue; sur tout le marli peint en bleu se détachent en champ d'épargne une infinité de fleurettes et de fruits d'une exécution parfaite. (Reproduite dans l'album de Pottier, comme l'*un des plus remarquables spécimens de la fabrication rouennaise.*)

67 PORTE-HUILIER avec ses burettes, 14 c. de h., décor camaïeu bleu avec ornementation en champ d'épargne.

68 POT A EAU polychrome, 24 c. de h., avec son couvercle, décor dit *à la guirlande.*

69 PLAT OBLONG polychrome, à bord mouvementé, 34 c. sur 24 c., décor dit *à la double corne d'abondance.*

70 ASSIETTE polychrome, 24 c., décor dit *à la corne d'abondance.*

71 BOUQUETIER, 33 c. de h., représentant un buste de prince indien, décor bleu avec champ d'épargne.

72 PETIT PLAT ROND ou compotier polychrome, 24 c., décor dit *au carquois*. Le fond est occupé par un carquois avec le flambeau de l'Amour et deux colombes se becquetant; le marli, par une ornementation de fleurs et de quadrilles.

73 PETIT PLAT ROND polychrome, 21 c., même décor que le précédent.

74 ASSIETTE polychrome, 25 c., même décor que le précédent.

75 PORTE-HUILIER (sans burettes), 22 c. sur 16 c., camaïeu bleu avec ornementation en champ d'épargne.

76 PETITE ASSIETTE à bord ruché, 20 c., décor bleu. Au centre, un médaillon avec paysage.

77 PAIRE DE BOUQUETIERS polychromes, 11 c. de h. sur 22 de long. et 12 de larg., forme demi-corbeille, décor dit *à la pagode;* bordure avec quadrillés et écrevisses.

SINCENY

78 PLAT ROND polychrome à bord mouvementé, 34 c., décor dit *au dragon*. Au centre, un grand dragon ailé; au marli, des fleurs, des oiseaux, des insectes, etc. Période dite *japonaise*.

79 PORTE-HUILIER polychrome avec ses burettes, 15 c. de h., décoré de filets bleus et de bouquets de fleurs.

80 COMPOTIER ROND polychrome à bord mouvementé, 22 c. Bouquets de fleurs au centre et au marli.

MOUSTIERS

81 PLAT OVALE à bord mouvementé, 40 c. sur 30 c., décor vert chatironné de manganèse, dit *aux grotesques*.

82 COMPOTIER ROND à bord sinueux, 24 c., camaïeu bleu ombré de vert, chatironné de manganèse, décor dit *aux grotesques*. Très riche de composition et très fin d'émail.

83 ASSIETTE polychrome à bord mouvementé, 25 c., décor dit *au trophée*.

84 ASSIETTE polychrome à bord sinueux, 25 c., décor dit *aux grotesques*.

85 ASSIETTE polychrome à bord sinueux, 25 c., décor dit *au médaillon*. Au centre un cavalier dans un médaillon entouré de fleurs; au marli une riche ornementation de guirlandes.

86 PLAT OVALE polychrome à bord mouvementé, 43 c. sur 30 c., décor dit *au trophée,* avec corbeille de fleurs au marli.

87 SIX ASSIETTES polychromes à bord sinueux, 25 c., avec papillon au centre et simples filets au marli.

88 ASSIETTE polychrome à bord mouvementé, 25 c., décor dit *au trophée,* avec oiseaux, corbeilles et guirlandes de fleurs au marli. *(Pièce rare.)*

89 BUIRE ou HANAP, 27 c. de h., décor camaïeu bleu, d'après les dessins de Bérain.

90 ASSIETTE polychrome à bord sinueux, 25 c., camaïeu vert, chatironné d'orange, décor dit *aux grotesques,* très riche de composition. Fabrique d'Oléry.

91 ASSIETTE polychrome à bord sinueux, 25 c., même style que la précédente, n'en différant que par le sujet.

92 ASSIETTE polychrome, 25 c., même style que la précédente et même observation.

93 ASSIETTE polychrome, 25 c., même style que la précédente et même observation.

94 ASSIETTE polychrome, 25 c., même style que la précédente et même observation.

95 PLAT ROND à bord légèrement mouvementé, 28 c., camaïeu violet. Le fond est occupé par une sorte de paysage au milieu

duquel est un grand personnage grotesque; le marli, par de petits bouquets de fleurs.

96 PETIT CACHE-POT dit SOLITAIRE, 11 c. de h., avec décor de personnages et de fleurs polychromes.

97 ASSIETTE polychrome à bord sinueux, 25 c., décor dit *au médaillon,* avec sujet mythologique au centre et guirlandes de fleurs au marli.

98 ASSIETTE polychrome à bord sinueux, 25 c., décor dit *au médaillon,* avec sujet genre Wateau au centre et guirlandes de fleurs au marli. *(Pièce très belle.)*

99 ASSIETTE à bord sinueux, 24 c., camaïeu bleu à deux teintes. Un oiseau de proie à tête d'homme offre une pomme à une pie-grièche. On supposerait que l'artiste a voulu faire une satire à l'adresse de Louis XIV ou de Louis XV. Elle est signée P. C.; elle est peut-être de Pierre Clérissy.

100 PLAT OVALE polychrome à bord mouvementé, 40 c. sur 28 c., décor dit *au trophée.*

101 ASSIETTE polychrome à bord sinueux, 25 c., décor dit *au médaillon,* style Louis XV, avec sujet mythologique au centre et rocailles, guirlandes et quadrillés au marli. *(Pièce très belle.)*

102 ASSIETTE à bord légèrement sinueux, 25 c., décor dit *aux grotesques,* camaïeu vert chatironné de manganèse. Très couverte d'ornementation.

103 ASSIETTE à bord légèrement sinueux, 25 c., même style que la précédente et même observation.

104 CONSOLE ou SUPPORT-APPLIQUE polychrome à sujet mythologique représentant le Jugement de Pâris, avec pendentif de raisin et de feuillages en relief.

105 PLAT OVALE polychrome à bord mouvementé, 40 c. sur 30 c., décor dit *à la guirlande.* Au centre un bouquet de fleurs; au marli une riche bordure de guirlandes alternant avec des bouquets de fleurs.

106 PLAT PROFOND, forme oblongue, 45 c. sur 32 c., à bord mouvementé, époque Louis XIV, camaïeu bleu, décor de Bérain.

107 COUVERCLE DE SOUPIÈRE polychrome, de forme ronde, 28 c., disposé en suspension, décoré de feuillages et de fleurs. Au centre une fleur en relief avec son feuillage.

108 ASSIETTE à bord sinueux, 24 c., camaïeu bleu à trois teintes. Tout le fond est occupé par un sujet représentant une chasse au léopard, dessin de Tempesta; le marli, par de fines arabesques délicatement peintes.

109 ASSIETTE polychrome à bord sinueux, 25 c., le marli ajouré avec rocailles; au centre, des fleurs et deux personnages dans le genre grotesque.

110 ASSIETTE polychrome à bords sinueux, 25 c. Tout le fond est occupé par les emblèmes de la franc-maçonnerie.

111 ASSIETTE polychrome à bord sinueux, 24 c., décor dit *au médaillon*. Au centre, un sujet polychrome dans un médaillon entouré de fleurs de couleur orange; au marli, une ornementation de guirlandes également de couleur orange.

112 ASSIETTE polychrome à bord sinueux, 24 c., même style que la précédente; n'en diffère que par le sujet du médaillon.

113 ASSIETTE à bord sinueux, 25 c., camaïeu vert chatironné d'orange, décor dit *aux grotesques*.

114 PLATEAU ROND polychrome à bord mouvementé, 31 c., décor dit *mythologique*. Tout le fond est occupé par un sujet mythologique, camaïeu orange, entouré d'un riche encadrement de fleurs et de rocailles polychromes, style Louis XV; au marli, riche bordure de fleurs et de coquilles polychromes. *(Pièce de musée.)*

115 ASSIETTE à bord sinueux, 25 c. camaïeu bleu chatironné de manganèse pâle, décor dit *à la corbeille*, dans le style de la fabrication rouennaise.

116 ASSIETTE à bord sinueux, 25 c., semblable à la précédente.

SAMADET

117 ASSIETTE polychrome à bord sinueux, 25 c. Au centre, un paysage avec scène d'enfants; au marli, quatre ébauches de paysages.

118 ASSIETTE polychrome à bord sinueux, 25 c., même style que la précédente, mais avec sujet différent.

119 ASSIETTE à bord sinueux, 25 c., camaïeu vert pâle, chatironné de manganèse. Au centre, un sujet style Louis XV, représentant deux jeunes enfants jouant dans un paysage; au marli, des rocailles avec feuillages.

120 ASSIETTE à bords sinueux, 25 c., même style que la précédente, mais avec sujet différent.

121 ASSIETTE à bord sinueux, 25 c., même style que la précédente et même observation.

122 ASSIETTE polychrome à bord sinueux, 24 c., représentant au centre une femme de l'époque de la Révolution battant du tambour; au marli, une ornementation de guirlande de fleurs.

123 ASSIETTE polychrome à bord sinueux, 24 c., même style que la précédente, n'en différant que par le sujet, qui représente deux femmes armées.

124 ASSIETTE même style que les précédentes, n'en différant que par le sujet, qui représente une femme portant le drapeau de la nation.

125 ASSIETTE même style, représentant une femme, peut-être Théroigne de Méricourt, mettant le feu à une pièce de canon.

126 ASSIETTE polychrome à bord déchiqueté, 23 c. Le centre est occupé par un paysage dans lequel une fillette cueille des fleurs; le marli, par des rocailles avec fleurs, oiseaux et insectes.

127 ASSIETTE polychrome à bord sinueux, 25 c. Au centre, un

médaillon avec portrait de femme, époque Louis XV; au marli, une ornementation de guirlande de fleurs.

128 ASSIETTE polychrome à bord mouvementé, 25 c. Tout le fond est occupé par un paysage avec un amour portant une hotte remplie de bois; au marli, groupes de fleurs.

MARSEILLE

129 ASSIETTE polychrome à bord sinueux, 25 c., décorée d'un bouquet de fleurs avec papillon, dite *Marseille royal*.

130 ASSIETTE polychrome, 25 c., même style que la précédente.

131 BOUTEILLE DE CHASSEUR, 24 c. de h., décor camaïeu vert Savy représentant des oiseaux et des fleurs.

132 COUVERCLE DE SOUPIÈRE OVALE polychrome disposé en suspension, décoré de fleurs artistement peintes, avec rocailles et groupe de poissons se détachant en haut-relief au centre.

133 ASSIETTE polychrome à bord sinueux, 25 c. Le fond est occupé par un grand médaillon dans lequel est représenté un paysage avec pont de pierre; au marli, des coquilles en demi-relief avec accompagnement de fleurettes.

134 PLAT ROND polychrome à bord sinueux, 27 c. Au centre, un paysage avec personnages; au marli, rocailles et quadrillés camaïeu vert et rose.

135 ASSIETTE polychrome à bord mouvementé, 25 c., représentant, au centre, un paysage avec un animal de bergerie très artistement peint; au marli, quatre groupes de branches avec fleurettes.

136 ASSIETTE polychrome, 25 c., même style que la précédente, n'en différant que par le sujet.

137 ASSIETTE polychrome, 25 c., même style que la précédente et même observation.

137 *bis*. ASSIETTE polychrome, 25 c., même style que la précédente et même observation.

138 ASSIETTE polychrome, 25 c., même style que la précédente et même observation.

139 PLAT OVALE à bord mouvementé, 40 c. sur 28 c., même style que les assiettes précédentes et même observation.

140 PLAT ROND à bord mouvementé, 25 c., décor polychrome, même style que les assiettes et le plat précédent et même observation.

141 AUTRE PLAT ROND polychrome, 27 c., même style que ce dernier et même observation.

142 ASSIETTE polychrome à bord sinueux, 24 c. Tout le fond est occupé par un paysage représentant un port avec personnages et ruines; le marli, par des animaux et des insectes. *(Marque de la Ve Périn.)*

143 ASSIETTE polychrome à bord sinueux, 24 c., même style que la précédente, n'en différant que par le sujet. *(Même marque.)*

144 ASSIETTE polychrome à bord sinueux, 25 c., décor dit *au Chinois,* fabrique de Savy.

145 CORPS DE FONTAINE polychrome, 45 c. de h., représentant Vénus assise sur un char figuré par une conque marine et traîné par un dauphin.

146 PETIT CRUCHON polychrome à anses torses, 25 c. de h., décor dit *à la rose,* rappelant le genre des fabriques de Strasbourg.

147 ASSIETTE à bord mouvementé, 28 c., décor vert Savy représentant un Chinois en prière avec arbres et papillon au centre, et une légère ornementation dorée au marli. *(Pièce très rare.)*

148 ASSIETTE à bord mouvementé, 28 c., même style que la précédente, n'en différant que par le personnage.

149 ASSIETTE polychrome à bord sinueux, 25 c., représentant, au centre, un Chinois accroupi au pied d'une base de

colonne; au marli, des racines et des rocailles en vert Savy.

150 ASSIETTE polychrome à bord sinueux, 25 c. Tout le fond est occupé par un paysage maritime encadré dans une ornementation élégante style rocaille; le marli, complètement ajouré, est orné de rocailles en demi-relief. La couleur dominante de l'ensemble est le rose ombré. *(Pièce de musée.)*

151 ASSIETTE polychrome à bord légèrement mouvementé et doré, 23 c. Au centre, un paysage avec personnages dans le genre Watteau; au marli, des bouquets de fleurs et des fleurs détachées. *(Très finement peinte.)*

152 ASSIETTE polychrome à bord doré, 23 c., même style que la précédente, n'en différant que par le sujet du centre.

153 ASSIETTE polychrome à bord sinueux, 25 c. Tout le fond est occupé par un paysage avec personnages; le marli, par des fleurs détachées.

154 ASSIETTE polychrome à bord sinueux, 24 c. Au centre, un paysage avec personnages artistement peint; au marli, rocailles et quadrillés vert et rose. *(Fab. de la Ve Périn.)*

155 ASSIETTE polychrome à bord sinueux, 24 c. Même style que la précédente, n'en différant que par le sujet du centre.

156 PETITE PLAQUE polychrome, 14 c. de h. sur 11 de larg., représentant un sujet genre Watteau : Un jeune berger jouant de la cornemuse devant une femme nonchalamment étendue sur un tertre et ayant à côté d'elle une corbeille de fleurs. *(Pièce très jolie et artistement peinte.)*

157 ASSIETTE à bord sinueux, 24 c., camaïeu vert Savy, style Louis XV, avec bouquet au centre, et cartouches avec fleurs, au marli.

158 ASSIETTE à bord sinueux, 24 c., semblable à la précédente.

159 ASSIETTE polychrome à bord mouvementé, 25 c., dite

Marseille royal, avec riches bouquets de fleurs tant sur le fond que sur le marli.

160 ASSIETTE polychrome, 25 c., même style que la précédente, mais avec bouquets de fleurs différents.

161 PAIRE DE BOUQUETIERS forme cornet, 16 c. de h., décorés de fleurs polychromes en demi-relief.

162 ASSIETTE polychrome à bord sinueux, 25 c. Tout le fond est occupé par un paysage avec personnages très finement peints; au marli, groupes de branches avec fleurettes.

163 SOUPIÈRE OVALE style Louis XV, camaïeu vert à deux teintes, chatironné de violet, 43 c. de long. sur 24 de larg.; très élégante de forme.

NEVERS

164 POTICHE camaïeu bleu à deux teintes, 40 c., décorée de paysages avec personnages : *L'enlèvement d'Europe* et *la mort de Thisbé.*

165 GRAND PLAT ROND avec câble autour du marli, 56 c., camaïeu bleu à deux teintes, rehaussé de manganèse. Tout le fond est occupé par un paysage enfermé dans un médaillon; tout le marli par des bouquets de fleur formant couronne. *(Pièce de musée.)*

166 GRAND PLAT ROND camaïeu bleu à deux teintes, 54 c. Tout le fond est occupé par un paysage avec personnages : *La mort de Thisbé;* le marli, par des oiseaux et des bouquets de fleurs détachés. *(Pièce de musée.)*

167 PAIRE DE POTICHES en forme d'urne, époque Louis XIII, camaïeu bleu à trois teintes et à anses torses, 50 c. de h. avec leur couvercle. Sur l'une des faces un grand médaillon avec sujet religieux parfaitement peint; sur l'autre, un énorme bouquet de fleurs. Fleurs détachées à la base et sur les couvercles. Les sujets des médaillons sont : *le Couron-*

nement de la Sainte-Vierge et la Présentation de l'Enfant Jésus au Temple.

168 PLAT OVALE camaïeu bleu à deux teintes, 41 c. sur 33 c., avec marli festonné et ruché. Tout l'intérieur du plat est occupé par un paysage avec personnages très habilement peint.

169 PLAT OBLONG polychrome à angles arrondis, 43 c. sur 37 c., décor dit *patriotique*. Tout l'intérieur est occupé par un sujet représentant la prise de la Bastille; le marli, par une ornementation de bluets alternant avec des losanges. *(Pièce de collection.)*

170 PLAT ROND et profond ou *compotier* polychrome, 28 c., décoa dit *patriotique*. Tout l'intérieur est occupé par un sujet représentant l'exécution de Louis XVI, dit Capet.

171 ASSIETTE polychrome à bords sinueux, 22 c., décorée d'un paysage où la couleur jaune domine.

172
173 DEUX ASSIETTES à bord sinueux, 23 c., camaïeu bleu à deux teintes, dites *assiettes de mariage*, décorées, l'une du patron de l'époux, l'autre de la patronne de l'épouse, avec nom des familles et date du mariage, 1766.

174 PLAT ROND camaïeu gros bleu à deux teintes, 40 c., à marli festonné et ruché, de la période dite *japonaise*, décoré à l'intérieur de pagodes et de barques avec personnages; au marli, d'arabesques et de motifs dans le style japonais.

175 BÉNITIER polychrome, 40 c. de h., avec médaillon et personnages en demi-relief représentant Sainte Magdeleine.

176 BÉNITIER polychrome et ajouré style Louis XV, avec Christ et rocailles en relief.

177 COMPOTIER camaïeu bleu à deux teintes, 20 c. A l'intérieur, un écusson avec trois fleurs de lys surmonté d'une couronne royale dans un encadrement d'arabesques.

178 ASSIETTE polychrome à bord sinueux, 23 c., décor dit *patriotique*, avec l'écusson de la liberté et les attributs des trois ordres : peuple, clergé, noblesse.

179 HANAP camaïeu bleu, 19 c. de h., décoré de fleurs.

180 ASSIETTE polychrome à bord sinueux, 23 c., avec écusson surmonté de deux colombes et soutenu par deux hercules.

181 ASSIETTE polychrome à bord sinueux, 23 c., décor dit *patriotique,* avec le génie de la Paix planant sur une chaumière.

182 NEUF ASSIETTES polychromes, 23 c., semblables à la précédente.

183 PLAT A FRUITS ROND et godronné, 26 c., camaïeu bleu décoré d'un paysage peint à grands traits dans le genre italien.

184 PLAT A FRUITS ROND polychrome et godronné, 33 c. Au centre, deux dauphins retenus par une couronne ducale; au marli, douze sirènes sortant de l'onde et reliées entre elles, deux par deux, par des guirlandes de fleurs.

185 PLAT A BARBE Louis XV, 32 c. sur 22 c., camaïeu vert pâle chatironné de manganèse, décoré au centre d'une biche poursuivie par un chien.

186 VIERGE A L'ENFANT JÉSUS, statuette polychrome, 46 c. de h.

187 VIERGE COURONNÉE A L'ENFANT JÉSUS, statuette polyrhrome, 47 c. de h. Le manteau bleu de la Vierge est tout parsemé de fleurs de lys ocre jaune.

188 STATUETTE-FONTAINE polychrome, 56 c. de h., représentant un marchand de *coco frais* et reposant sur un socle rond orné d'une guirlande de fleurs et de fruits en demi-relief. Elle est signée : Lachassaigne.

189 PLATEAU CARRÉ, camaïeu bleu à deux teintes, 34 c., à anses torses, époque Louis XIII, avec arcs rentrants aux angles. Toute la pièce est occupée par un paysage avec scène pastorale.

190 PLAT A FRUITS polychrome et godronné, 28 c., décoré au centre d'un oiseau; au marli, d'un guillochage formant couronne; style des faïences de Gènes.

191 ASSIETTE à bord sinueux, 23 c., décorée au centre d'un médaillon avec vase rempli de fleurs.

192 PETIT POÊLE PORTATIF, époque Louis XIV, 55 c. de h., de couleur marbrée vert et manganèse, avec têtes de lions en demi-relief aux angles.

193 SUSPENSION OCTOGONE polychrome, 30 c. de h. sur 23 c. de larg., avec quatre têtes en relief et décorée de personnages, d'oiseaux et de fleurs.

194 PETIT TONNEAU camaïeu bleu, avec large ornementation en champ d'épargne.

195 VIOLON DE MARIAGE, camaïeu bleu à deux teintes avec sujets représentant, sur la face principale, une scène de bal et un orchestre occupé par des musiciens; au verso : des mascarons et des amours se balançant dans l'espace.

196
197 QUATRE BUSTES d'enfants polychromes, 25 c. de h.,
198 représentant *les quatre saisons.*
199

STRASBOURG

200 ASSIETTE polychrome à bord sinueux, 23 c., décor dit *à la rose.* Au centre, une belle rose avec deux drapeaux tricolores, première combinaison des couleurs du drapeau national; au marli, trois petites roses. *(Pièce remarquable comme souvenir historique.)*

201 ASSIETTE polychrome à bord sinueux, 22 c., décor dit *patriotique.* Au centre, un arbre de la Liberté surmonté d'un bonnet phrygien, avec la devise : *La liberté ou la mort!*

202
203 TROIS ASSIETTES polychromes semblables à la précédente.
204

205 POT A EAU polychrome avec sa cuvette, style Louis XV, décor dit *à la rose.*

206 PAIRE DE BOUQUETIERS plats de forme et à quatre cornets, 18 c. de h., décor dit *à la rose.*

207 ASSIETTE polychrome, 24 c., à marli treillagé et ajouré, décor dit *à la rose.* Très fine d'émail.

208 ASSIETTE polychrome, 24 c., semblable à la précédente.

209 POT A EAU polychrome et godronné, avec sa cuvette, décor dit *à la rose.*

210 ASSIETTE polychrome, à bord mouvementé, 25 c., décor dit *au bouquet de fleurs,* marquée de Joseph Hannong. Le fond est occupé par un magnifique bouquet de fleurs très artistement peint; le marli, par des fleurs détachées. (Pièce de collection.)

211
212
213 TROIS ASSIETTES polychromes, 25 c., même style que la précédente, mais avec bouquets de fleurs différents.

214 PAIRE DE VASES A FLEURS, polychromes en forme d'urnes, à anses doubles, 38 c. de h., *époque Louis XVI,* avec ornementation de rinceaux et d'acanthes roses ombrés et de bouquets de bluets. *(Pièce très remarquable comme élégance de forme et fini d'exécution.)*

215 ASSIETTE polychrome à bord sinueux, avec peigné rose, 23 c., décor dit *patriotique.* Tout le fond est occupé par un trophée de canons, de boulets et de lances, surmonté d'un bonnet phrygien.

216 ASSIETTE polychrome avec peigné rose au bord, 21 c., représentant au centre une dame de l'époque du Directoire.

217 ASSIETTE polychrome à bord sinueux, 23 c., décorée de trois fleurs de lis surmontées d'une couronne royale et entourées de branches de laurier formant médaillon.

218
219
220
221
222 CINQ ASSIETTES polychromes, 23 c., semblables à la précédente.

223-224 DEUX ASSIETTES polychromes à bord uni, 23 c., semblables aux précédentes, sauf le marli, qui est orné d'un peigné rose.

225 ASSIETTE polychrome, 23 c. Tout le fond est occupé par l'aigle impériale, tenant la foudre dans ses serres; une légère ornementation forme encadrement à la naissance du marli.

226 ASSIETTE polychrome, 23 c., semblable à la précédente.

227 ASSIETTE polychrome à bord sinueux, 24 c., décor dit *à l'œillet*, fabrique de Hannong. Au centre, un œillet; petites fleurs détachées au marli.

228-229-230 TROIS ASSIETTES polychromes, 24 c., semblables à la précédente.

231 POT A EAU polychrome avec son couvercle, 20 c. de h., décor dit *au bouquet de fleurs*, fabrique de Joseph Hannong. Sur la panse, bouquet de fleurs très artistement peint.

232 SERVICE A CAFÉ côtelé et à nervures roses, composé de quatres tasses avec soucoupes, deux pichets et un sucrier.

233 HUIT TASSES A CAFÉ avec soucoupes, décor dit *à la rose*.

NIDERVILLER

234 PAIRE DE BOUQUETIERS polychromes, 13 c. de h. sur 16 c. de largeur, demi-corbeille, forme d'architecture Louis XVI, ornés de paysages chinois et de rayures polychromes.

235 SIX POTS A CRÈME polychromes avec leur plateau, décor vert et rose, avec branches de cerisier comme anses, et cerise en relief comme bouton de couvercle.

236 PETITE THÉIÈRE polychrome, même style et même décor que le service précédent.

237 ASSIETTE polychrome à bord sinueux, 25 c., décor vert et rose dit *aux Chinois*. Au centre, un médaillon avec paysage et personnages chinois; au marli, riche ornementation en rocailles et fleurettes.

238 ASSIETTE polychrome, 25 c., semblable à la précédente, n'en différant que par le sujet du médaillon.

239 ASSIETTE polychrome à bord déchiqueté et à peigné rose, 24 c., décor dit *à l'œillet*. Au centre, un gros œillet ou giroflée; petites fleurs détachées au marli.

240
241
242 CINQ ASSIETTES polychromes, 24 c., semblables à la précédente.
243
244

245 ASSIETTE camaïeu rose à bord sinueux, 24 c., représentant au centre un paysage très artistement peint; au marli, des insectes.

246 ASSIETTES camaïeu rose à bord sinueux, 24 c., même style que la précédente, n'en différant que par le motif du paysage.

247 ASSIETTE polychrome à bord sinueux, 24 c., décor dit *à l'œillet*. Au centre, un œillet ou giroflée; petites fleurs détachées au marli.

248
249 DEUX ASSIETTES polychromes, 24 c., semblables à la précédente.

250 ASSIETTE polychrome à bord sinueux et à émail rosé, 25 c., décor vert et rose. Au centre, une rose avec fleurs variées; au marli, des fleurs et des rubans roses avec arabesques en champ levé. *(Pièce remarquable par l'ampleur de son décor et par sa rareté.)*

251 ASSIETTE polychrome, 25 c., semblable à la précédente.

252
253
254 QUATRE ASSIETTES polychromes, 25 c., semblables aux précédentes et qui seront vendues isolément.
255

256 ASSIETTE polychrome, 23 c., fond jaune, imitation bois dite *trompe-l'œil.* Au centre, une carte en champ d'épargne sur laquelle est peint un paysage, imitation gravure, en camaïeu rose. *(Rare.)*

MONTPELLIER

257 PLAT ROND polychrome à bord mouvementé, 28 c. Au centre, un papillon; au marli, trois groupes de fleurs et de fruits où le bleu et le vert dominent et qui forment, en se prolongeant sur le fond, la principale ornementation de la pièce.

258 PLAT ROND polychrome à bord mouvementé, 31 c., fond jaune pâle. Au centre, un amour; au marli, trois groupes de fleurs et de fruits et trois papillons forment l'ornementation de la pièce.

259 CACHE-POT polychrome, 16 c. de h., représentant quatre vieux volumes de l'histoire d'Angleterre. *(Pièce originale.)*

260 PORTE-HUILIER avec ses burettes, 17 c. de h., décoré de fleurs polychromes sur fond jaune.

261 PLAT ROND polychrome à bord festonné, 33 c., médaillon avec paysage au centre; marli et fond tout parsemé de fleurettes.

262 PAIRE DE BOUQUETIERS APPLIQUES polychromes, 20 c. de h. sur 25 c. de larg., à trois panses (forme très originale), avec bouquet de fleurs finement peints sur chacune d'elles. *(Pièce rare.)*

263 SOUPIÈRE OVALE à trois pieds, camaïeu manganèse avec bordure jaune, 27 c. de long. sur 20 c. de larg. Tout le corps de la soupière, ainsi que le couvercle, sont entièrement ornés de scènes pastorales; une branche de fruits en haut-relief surmonte le couvercle. *(Pièce de musée.)*

264 PLATEAU DE SOUPIÈRE OVALE, 35 c. sur 26 c., même couleur et même style que la soupière précédente.

265 ASSIETTE à bord festonné, 23 c., fond jonquille avec bouquets de fleurs et papillons, tant au centre qu'au marli.

266 ASSIETTE à bord festonné, 23 c., même style que la précédente.

267 ASSIETTE à bord festonné, 23 c., même style que les précédentes.

268 ASSIETTE polychrome à bord sinueux, 26 c., avec paysage et personnages de l'époque Louis XV au centre et bouquets de fleurs détachés au marli.

269 } DEUX ASSIETTES polychromes, 26 c., même style que la
270 } précédente, mais avec sujets variés.

271 ASSIETTE polychrome à bord festonné, 25 c., avec personnage de grande dimension et paysages ou perspectives de paysage comme ornementation tant du fond que du marli.

272 ASSIETTE polychrome, 25 c., même style que la précédente, mais avec sujet différent.

273 DEUX TASSES A CAFÉ avec soucoupes, fond jonquille, ornées de fleurs polychromes peintes sur champ d'épargne.

274 PLAT ROND polychrome à bord sinueux, 30 c., décoré d'amours camaïeu bleu et de fleurs, fruits et feuillage polychromes s'étendant jusque sur le marli. *(Pièce artistement peinte et très rare.)*

275 APPLIQUE DE FLAMBEAU polychrome et ajourée, 29 c. sur 18 c., style dit *rocaille*, avec coquilles en demi-relief et bouquet de fleurs au centre.

276 SOUPIÈRE polychrome ovale, 37 c. de long. sur 20 c. de larg. et 17 c. de h., style dit *rocaille*, très élégante de forme, avec animal en ronde-bosse et couché sur le sommet du couvercle et bouquets de fleurs détachés sur le corps de la pièce. *(Pièce de musée.)*

277 PLATEAU polychrome oblong, 43 c. sur 25 c., avec rocailles et bouquets de fleurs, même style que la soupière précédente.

BORDEAUX

278 ASSIETTE polychrome à bord festonné, 23 c. Au centre, un blason avec aigle essoré surmonté d'une couronne de comte et orné de feuillage; au marli, des rocailles et des fleurs.

279 PAIRE DE PETITS CACHE-POTS polychromes à anses torses avec plateaux, 10 c. et ayant la forme de caisses d'orangers. Ils sont ornés, sur chacune des faces, d'un bouquet de fleurs.

280 ASSIETTE polychrome à marli ajouré en forme d'oves, 24 c. Au centre, deux têtes d'anges dans un nuage; au marli, de petites marguerites en demi-relief à la jonction et aux extrémités des oves. *(Joli spécimen de la fabrication bordelaise.)*

281 ASSIETTE polychrome 24 c., semblable à la précédente.

282 PETITE GOURDE de chasseur forme baril à rayures polychromes.

283 ASSIETTE polychrome à bord festonné, 23 c., décor dit *au dauphin*. Au centre, l'écusson royal de France surmonté d'un dauphin et décoré de deux aigles essorés; petites fleurs détachées, au marli.

284 ASSIETTE polychrome, 23 c., semblable à la précédente.

285 ASSIETTE polychrome, id.

286 ASSIETTE polychrome, id.

287 ASSIETTE polychrome, id.

288 ASSIETTE polychrome, id.

239 SOUPIÈRE ovale polychrome, 26 c. sur 19 c., décor dit *au dauphin*, avec quatre blasons semblables à ceux des

assiettes précédentes, un sur chaque face et deux sur le couvercle. Comme anses de la soupière et comme bouton du couvercle, des artichauts en haut-relief.

290 BOUQUETIER polychrome, 20 c. de h., forme demi-corbeille, décoré de cannelures et de fleurs détachées.

291 ASSIETTE polychrome à bord festonné, 23 c., avec gros œillet ou giroflée au centre, et petites fleurs détachées au marli.

292
293
294
295
296 DIX ASSIETTES polychromes, 23 c., semblables à la précédente.
297
298
299
300
301

302 PORTE-MONTRE polychrome, 34 c. de h., représentant un rocher couvert d'une infinité de coquillages en haut-relief dans le style de Bernard Palissy. (*Très beau spécimen de la fabrication bordelaise.)*

303 ÉCUELLE polychrome avec son plateau, datée de 1781, décorée de personnages et de fleurs. Les anses et le bouton du couvercle sont formés par des sifflets en forme d'oiseaux. *(Pièce originale.)*

304 ASSIETTE polychrome à bord festonné, 25 c. Tout le fond est occupé par un paysage avec personnages et animaux divers; le marli complètement dénué d'ornementation.

305 ASSIETTE polychrome, 25 c., même style que la précédente, mais avec un sujet différent.

306
307 TROIS ASSIETTES polychromes, 25 c., même style que les précédentes et même observation.
308

309 DEUX SOCLES-APPLIQUES polychromes et ajourés avec
310 fleurs et feuillage en haut-relief.

311 ASSIETTE polychrome à bord sinueux, 25 c., dite *des Chartreux*. Au centre, le blason des Chartreux de Toulouse surmonté d'une tête d'ange, avec ornements de feuillage et l'inscription : *Cartus. Tolos.;* au marli, des fleurs détachées.

312 ASSIETTE polychrome à bord sinueux, 25 c., dite *des Chartreux*. Au centre, le blason des Chartreux de Bordeaux, armes accolées de Pierre de Gasc et du cardinal de Rohan, avec attributs et l'inscription : *Cartus. Burdig.;* au marli, des fleurs détachées.

313 PLATEAU polychrome à bord sinueux, 31 c. A l'intérieur, un gros bouquet de fleurs diverses et un autre de moindre dimension; au marli, de petites fleurs détachées. *(Beau spécimen de la fabrication bordelaise.)*

314 SALADIER polychrome et godronné, 27 c., décor dit *au dauphin*.

315 ASSIETTE polychrome à bord festonné, 25 c., dite *au hanneton*. Au centre, une femme tenant une guirlande de fleurs; au marli, deux hannetons et des terrains avec plantes et fleurs.

316, 317, 318 TROIS ASSIETTES polychromes, 25 c., même style que la précédente, mais avec sujets différents.

319 ASSIETTE polychrome à bord sinueux, 22 c., décor dit *à la corbeille*. Au centre, une corbeille de fleurs; au marli, une ornementation avec quadrillés dans le goût des faïences de Rouen.

320 ASSIETTE polychrome, 22 c., semblable à la précédente.

321 ASSIETTE polychrome à bord festonné, 24 c. Le fond est chargé d'un blason accolé de drapeaux, canons, armes diverses et surmonté d'une couronne de fantaisie; au marli, rocailles et fleurs détachées.

322 ASSIETTE polychrome, 24 c., semblable à la précédente.

323 ASSIETTE polychrome à bord sinueux, 21 c. Le centre est

occupé par un cadran d'horloge; le marli, par une ornementation style rocaille.

324
325 DEUX ÉCRITOIRES polychromes en forme de cœur.

326 PAIRE DE PETITS SABOTS polychromes décorés de bouquets de fleurs.

MOULINS

327 PLAT OBLONG polychrome, à pans coupés, 35 c. sur 25 c., très richement décoré. Au centre, une fontaine dont la vasque supporte un amour à cheval sur un dauphin, avec paysage et musiciens chinois jouant de divers instruments; au marli, des fleurs, des plantes, des arbres, un perroquet, un dragon ailé, etc. *(Pièce remarquable. Le pareil est au musée céramique de Sèvres.)*

328 ASSIETTE polychrome, 12 c., décor dit *à la pagode,* avec personnages chinois.

329 ASSIETTE polychrome, 12 c., semblable à la précédente.

330 PLAQUE DE TABLE A OUVRAGE, oblongue et polychrome, 36 c. sur 23 c., décorée d'un paysage avec cinq personnages chinois.

MARTRE

331 PLAT ROND polychrome à bord mouvementé. Au centre, un amour assis tenant sur ses genoux une corbeille de fleurs; sur le fond, un oiseau de proie, des fruits et des fleurs; au marli, des terrains avec plantes et fleurs.

AVIGNON

332 PLATEAU ROND, 26 c., terre vernissée avec décors en incrustation. Au centre, un buste de femme dans un

médaillon entouré de guirlandes de laurier: ornementation générale en branches et feuilles de chêne entrelacés. *(Pièce de musée.)*

333 SURTOUT DE SERVICE ou plateau ondulé à galeries à jour, terre cuite vernissée de couleur écaille, 34 c. *(Un plateau de même style et de même provenance est au musée céramique du Louvre.)*

334/335 DEUX LIONS polychromes, 26 c. de h., sur socle enguirlandé.

336 SINGE ACCROUPI, terre cuite vernissée en brun foncé, 30 c. de h.

337 SAUCIÈRE sur son plateau avec couvercle ajouré, terre cuite vernissée avec marbrures, ocre de diverses couleurs.

338 TASSE dite *de trembleur* avec sa soucoupe, terre cuite vernissée de couleur écaille avec ornementation dorée. Très fine de pâte.

339/340 DEUX STATUETTES polychrome, 22 c. de h.: jardinier portant des fruits dans son chapeau, jardinière portant sur la tête une corbeille de fleurs.

341 PATISSIÈRE RONDE, terre vernissée, ocre jaune, avec son couvercle, 24 c. de diam., toute parsemée de fleurs de lys en haut-relief.

342 CUVETTE OVALE, 30 c. sur 20 c., terre vernissée couleur écaille avec ornementation de fleurs de lys en relief.

343 ÉCUELLE avec son couvercle, 23 c., terre vernissée couleur brune avec décors à jours.

344 PORTE-HUILIER sans burettes, à anses torses, terre vernisée couleur écaille avec bordure à galerie.

345 PORTE-HUILIER sans burettes, même style et même couleur que le précédent.

APT

346 POT A EAU avec sa cuvette, terre vernissée ocre jaune, style rocaille, 30 c. de h., moulé sur une pièce d'argenterie, reproduite dans l'ouvrage de M. Davillier sur les faïences, page 134.

SAINT-CLÉMENT

347 PORTE-MONTRE blanc avec ornementation dorée, 35 c. de haut., style rocaille, avec amour en ronde-bosse au sommet et coquilles et feuillage en demi-relief.

348 ASSIETTE blanche à bord mouvementé, 24 c., ornée au marli de trois filets dorés.

349 ASSIETTE blanche, 24 c., semblable à la précédente.

BERGERAC

350 ASSIETTE polychrome à bord sinueux, 24 c., avec terrain, oiseaux et plantes au centre, et bouquets de cerises au marli.

351
352
353
354 QUATRE ASSIETTES polychromes, même style que la précédente, n'en différant que par les motifs du centre, qui sont tous variés.

DELFT

355 PLAQUE OVALE camaïeu bleu à deux teintes, à bord mouvementé, 58 c. sur 48 c., représentant une scène de patinage.

356 PLAQUE OVALE camaïeu bleu, semblable à la précédente.

357 PLAQUE OVALE polychrome à bord mouvementé, 58 c. sur 48 c., représentant un paysage avec personnages : l'entrée d'un parc. *(Pièce artistement peinte.)*

358 PLAQUE polychrome dite *trompe-l'œil,* 27 c. sur 28 c., représentant une cage renfermant un serin.

359 PLAQUE polychrome, 27 c. sur 28 c., semblable à la précédente et lui faisant pendant.

360 PLAT ROND camaïeu bleu à deux teintes, 30 c., représentant au centre un vase rempli de fleurs; à l'intérieur, et envahissant le marli, des motifs en champ d'épargne formant six médaillons, dans chacun desquels est un autre vase rempli de fleurs.

361 PLAT ROND polychrome, 36 c. Au centre, une femme assise sur des fleurs et tenant en ses mains une corne d'abondance; au marli, des cartouches garnis de fleurs.

362 ASSIETTE camaïeu bleu à deux teintes, 22 c., parsemée de petites fleurs.

363 ASSIETTE camaïeu bleu, 22 c., semblable à la précédente.

364 PLAT ROND polychrome, 35 c., avec gros bouquet de fleurs au centre et petits bouquets détachés au marli.

365 PLAT ROND polychrome, 35 c., même style que le précédent.

366 PETIT PLATEAU polychrome et godronné, 19 c. sur 16 c., de la période dite *japonaise.* Au centre, personnage et fleurs dans le style japonais ; sur le marli, peint en vert, se détachent en champ d'épargne quatre médaillons avec arbres et fleurs.

367 PLAT ROND polychrome, 35 c., avec gros bouquet de fleurs au centre et petites fleurs détachées au marli.

368 PLAT ROND polychrome, 35 c., même style que le précédent.

369 FLAMBEAU Louis XIII camaïeu bleu avec décor et personnage dans le genre japonais.

370 PAIRE DE VASES A FLEURS, forme cornet, 27 c. de h., couleur sépia à trois teintes, décorés de paysages maritimes avec personnages.

371 PAIRE DE VASES A FLEURS, forme arrondie, 25 c., même couleur et même décor que les précédents.

372 PLAT ROND polychrome, 35 c., décoré de feuillages et de fleurs tant à l'intérieur que sur le marli.

373 BOITE A THÉ camaïeu bleu à deux teintes, 15 c. de h., avec très riche décor de chiffres couronnés et d'ornements variés, avec couronne de marquis.

374 ASSIETTE camaïeu bleu à deux teintes, 22 c. Au centre un personnage, un actionnaire de la fameuse banque de Law revenant tout joyeux de la rue Quincampoix où il a, sans doute, pris des actions.

375 AUTRE ASSIETTE camaïeu bleu, 22 c., faisant pendant à la précédente et représentant le même actionnaire s'en allant tout penaud par suite de la fameuse banqueroute.

376 ASSIETTE polychrome et dorée, dite *Delft doré*, 23 c. Au centre, dans un médaillon câblé, un bouquet de fleurs style japonais; au marli, une ornementation dans le goût des faïences de Rouen.

377 ASSIETTE polychrome et dorée, dite *Delft doré*, 23 c. Au centre, un paysage avec pagode chinoise dans un médaillon style rayonnant; au marli, une riche ornementation dans le goût des faïences de Rouen.

378 PLAT ROND polychrome et doré, dit *Delft doré*, 30 c., imitant la vieille porcelaine du Japon; très couvert en ornementation où le bleu foncé et le rouge brique dominent. *(Pièce de musée.)*

379 PAIRE DE POTICHES polychromes et dorées, dites *Delft doré*, 21 c. de h., avec paysages et personnages japonais. Riche ornementation de fleurs en champ d'épargne sur fond rouge.

380 ASSIETTE polychrome et dorée, dite *Delft doré*, 22 c., avec personnages, oiseaux et ornements dans le style japonais.

381 ASSIETTE polychrome et dorée, dite *Delft doré*, 22 c., même style que la précédente.

382 ASSIETTE polychrome et dorée, dite *Delft doré*, 22 c., décor bleu et rouge dans le style japonais.

383 PLAT ROND polychrome, 30 c., décoré, au centre, d'un vase de fleurs avec feuillage formant éventail; au marli, d'une ornementation très chargée en couleurs.

384 PLAT ROND polychrome, 30 c., semblable au précédent.

385 ASSIETTE polychrome, 23 c. Au centre, un personnage chinois dans un médaillon; au marli, médaillons et quadrillés rappelant les faïences de Rouen.

386 ASSIETTE polychrome, 23 c., semblable à la précédente.

387 PLAT ROND polychrome, 30 c. A l'intérieur, un paysage japonais; au marli, des fleurs et des motifs style japonais.

388 PLAT ROND camaïeu bleu à deux teintes, 27 c. Tout le fond est occupé par une scène de la vie de Notre-Seigneur Jésus-Christ; le marli, par une garniture de fleurs et de feuillage formant couronne.

389 PLAT ROND camaïeu bleu à deux teintes, 27 c., même style que le précédent, n'en différant que par le sujet de la scène.

390 PORTE-HUILIER avec ses burettes, camaïeu bleu à deux teintes, 17 c. de h., décoré de paysages avec personnages et fleurs dans le goût japonais. Très riche comme ornementation et finesse d'émail.

391 ASSIETTE camaïeu bleu, 23 c. Au centre, un couplet rappelant l'époque de Louis XIV. Le voici avec son orthographe :

Depúis plús de six mois
Tú me mets aux abois
Belle indiscrette
Je súis plús rissolé
Plús sec et plús brulé
Qú'une alúmette.

Au marli, légère bordure avec guillochis en champ levé.

392 ASSIETTE camaïeu bleu, 23 c., même style que la précédente, avec le couplet suivant :

La saison des amours
Ne fait pas les beaux jours
C'est un printemps volage
Dont on regrette le passage
Par ses retours.

393 ASSIETTE camaïeu bleu, 23 c., même style que la précédente, avec le couplet suivant :

AIR :

Veüllies voüs.

Je suis d'une honeste familje
Parfaitement bien elevée
Ma mere a toujours reste fille
Mon pere ne sest jamais marie

394 PLAT-ÉGOUTTOIR rond et à anses camaïeu bleu à deux teintes, 38 c., avec riche ornementation, style Renaissance, courant sur le marli; à l'intérieur, autre ornementation de même style avec inscription et la date de 1682. *(Pièce de musée.)*

395 PAIRE DE SOULIERS Louis XV, camaïeu bleu, avec paysages et personnages.

396 ASSIETTE polychrome, 23 c., décor dit *au perroquet*. Au centre un perroquet perché sur un médaillon dans lequel sont des oiseaux et des fleurs dans le style japonais.

397 ASSIETTE polychrome, 23 c., semblable à la précédente.

398 BROC-FONTAINE polychrome avec couvercle en étain, 37 c. de h., représentant une bonne femme assise.

399 PLAT ROND camaïeu bleu à deux teintes, 31 c. Tout le fond est occupé par un grand écusson surmonté d'une couronne ducale avec supports et attributs; le marli, par une riche ornementation d'arabesques dans lesquelles sont enlacés huit amours. *(Pièce remarquable.)*

400 ASSIETTE polychrome, 26 c., décor dit *au tonnerre,* très couverte et très riche en couleurs.

401 PETITE SOUCOUPE polychrome, godronnée et dorée, 15 c., dite *Delft doré*. Très joli décor dans le style japonais.

402 PLAT ROND camaïeu bleu à deux teintes, 30 c., avec très riche ornementation en paysage et personnages dans le style japonais.

403 PETITE POTICHE polychrome, 21 c. de h., très couverte de décors avec fleurs et perroquets.

404 POTICHE polychrome, 26 c. de h., même style que la précédente.

405 ASSIETTE polychrome, 22 c., décorée d'un paysage style japonais au centre, et de médaillons et quadrillés au marli.

406 ASSIETTE polychrome, 22 c., semblable à la précédente.

407 PAIRE DE BOUTEILLES camaïeu bleu, 31 c. de h., décorées de petites fleurs et de lambrequins avec ornementation en champ d'épargne.

408 GARNITURE DE CHEMINÉE composée de cinq vases polychromes (trois potiches avec couvercle et deux cornets) décorés de paysages avec personnages.

409 ASSIETTE camaïeu bleu foncé à deux teintes, 26 c. Tout le fond est occupé par un paysage maritime; le marli par une ornementation très couverte.

410 PLAT ROND camaïeu bleu à trois teintes, 36 c. Tout le fond est occupé par une scène religieuse : Le Christ sur la croix avec Marie et Saint-Jean au pied de la croix, et, dans le lointain, la ville de Jérusalem.

411 ASSIETTE grès polychrome, 25 c. Tout le fond est occupé par des personnages en costume Louis XV représentant une scène de la vie de l'enfant prodigue; le marli, par une riche ornementation de fleurs et de feuillage. Très vive en couleurs.

412
413
414
415 QUATRE ASSIETTES grès polychromes, 25 c., même style et même sujet que la précédente, mais avec scènes différentes.

416 ASSIETTE grès polychrome à bord mouvementé, 25 c. Tout le fond est occupé par un paysage avec personnages représentant la scène de l'ânesse de Balaam ; sur le marli, un bandeau rouge sur lequel court une légère ornementation en champ levé. *(Pièce de collection.)*

HOLITSCH (Hongrie.)

417 PLAT OVALE à bord sinueux, 34 c. sur 28 c., à fond jaune décoré, au centre, d'un médaillon avec paysage et personnage polychromes sur champ d'épargne et de cartouches avec fleurs polychromes, également sur champ d'épargne. *(Pièce rare.)*

NUREMBERG

418 PLAT ROND camaïeu bleu à deux teintes, 34 c., décoré, au centre, d'un paon faisant l'éventail ; à l'intérieur, de quatre médaillons surmontés de vases de fleurs et garnis de corbeilles de fruits et s'étendant jusque sur le marli. Cette pièce, très riche d'ornementation et remarquable par son fini d'exécution, provient de la fabrique de Kordenbusch. *(Pièce de musée.)*

419 ASSIETTE camaïeu bleu à deux teintes, 22 c., de même style et de même fabrique que le plat précédent.

420 ASSIETTE camaïeu bleu, 22 c., semblable à la précédente.

421 PLAT OVALE et profond à bord mouvementé, 29 c. sur 23 c., camaïeu bleu à deux teintes, décoré de motifs peints en champ d'épargne. De même fabrique que le plat et les assiettes précédents.

422 ASSIETTE camaïeu bleu à deux teintes, 22 c. Au centre, un blason de chevalier avec couronne ducale ; au marli, une ornementation avec fleurs et motifs sur champ d'épargne.

423 PLAQUE polychrome, 53 c. sur 40 c. Au centre, le buste de Louis XIV, en relief, dans un médaillon encadré de fleurs et de feuilles d'acanthe également en relief.

424 AUTRE PLAQUE polychrome, 53 c. sur 40 c., même style que la précédente et avec le buste de Marie-Thérèse.

425 PLAQUE polychrome, 28 c. sur 18 c., avec sujet en relief représentant Lazare et le mauvais riche.

ITALIENNES

426 ASSIETTE polychrome et dorée à bord mouvementé, 24 c. Au centre, un blason accolé de drapeaux et d'attributs guerriers et surmonté d'une couronne royale; au marli, trois bouquets de fleurs alternant avec trois papillons. Faïence de Naples dite *Naples doré*.

427 ASSIETTE polychrome et dorée, 24 c., semblable à la précédente.

428 PLAQUE OBLONGUE polychrome, 31 c. sur 17 c., décorée d'un sujet représentant une femme se reposant sous un arbre avec un lion à ses pieds, et, auprès d'elle, des amours venant l'enchaîner avec des guirlandes de fleurs.

429 BOUILLOTE imitant une tortue, 40 c. sur 30 c., peinte en barbotine marbrée verte et violette. *(Pièce de musée.)*

430 PLATEAU ROND polychrome, faïence d'*Urbino*, 18 c., décoré d'une riche ornementation style Renaissance; au centre, un médaillon avec tête de jeune homme couleur manganèse sur fond bistré.

431 PLATEAU ROND polychrome, faïence d'*Urbino*, 15 c., même style que le précédent, mais avec une ornementation différente.

432 ASSIETTE polychrome, faïence de *Castelli*, 22 c. Toute la pièce est occupée par un paysage représentant un port avec ruines, fabriques et personnages.

433 ASSIETTE polychrome, faïence de *Castelli*, 22 c., même style que la précédente, n'en différant que par le sujet.

434 PLATEAU DE SERVICE CARRÉ avec bordure découpée en coquilles, camaïeu bleu à trois teintes, 28 c.; faïence de *Savone*, décoré, au centre, d'une scène pastorale; au marli, de quatre sujets allégoriques représentant les saisons; aux angles, de quatre coquilles de pèlerin. Pièce artistement peinte.

435 ASSIETTE polychrome, 23 c., faïence de *Milan*. Au centre, un terrain avec des fleurs; au marli, quatre bouquets de fleurs détachés. Ornementation style japonais.

436 CORBEILLE ajourée et sur piédouche ou plat à fruits, couleur bleu-lapis avec filets jaune fixe, 30 c. Au centre, une ornementation en jaune et en blanc fixes, dans le genre des faïences de Nevers de la deuxième époque.

437 ASSIETTE polychrome, 25 c., faïence de *Savone*. Tout le centre est occupé par un blason de chevalier avec accompagnement de fleurs et de feuillage; tout le marli orné de motifs de fleurs et de fruits.

438 ASSIETTE polychrome, 25 c., faïence de *Savone;* même style que la précédente.

439 ASSIETTE polychrome, 23 c., faïence de *Castelli*. Tout le fond est occupé par un paysage avec montagnes; un grand arbre au premier plan.

440 ASSIETTE polychrome, 23 c., faïence de *Savone*. Au centre, un jeune faune assis dans un paysage; au marli, des rochers et des arbres.

441 ASSIETTE polychrome et dorée, 23 c., faïence de Milan, dite *Milan doré*, avec ornementation imitant la vieille porcelaine de Chine, de la famille rose.

442 ASSIETTE polychrome et dorée, 23 c., faïence de Milan, dite *Milan doré*, avec ornementation imitant la vieille porcelaine du Japon, avec fleurs, plantes et oiseaux fantastiques.

443 PETITE GOURDE de pèlerin, polychrome.

444 COUPE A FRUITS polychrome et godronnée, 25 c., faïence de *Faenza*. Au centre, le Christ sur la croix ; à l'intérieur, quatre médaillons avec bustes de personnages.

445 PLAT ROND polychrome et godronné, 32 c., faïence d'*Urbino*. Au centre, un amour dans un paysage; à l'intérieur, une riche ornementation d'arabesques et de chimères, style Renaissance.

446 PLAT ROND polychrome, 26 c., faïence de *Savone*. Tout l'intérieur est occupé par une scène de cavaliers, une chasse au faucon; le marli, par des arbres, des ruines et un paysage maritime.

447 PLATEAU DE SERVICE CARRÉ et polychrome, 23 c., faïence de *Savone*. Au centre, dans un médaillon, un enfant jouant au cheval sur un bâton; sur chacun des côtés, des chiens et des plantes.

448 ASSIETTE polychrome, 26 c., faïence de *Venise*. Tout le fond est occupé par une femme debout dans un paysage; le marli, par des branches de fleurs.

449 BÉNITIER polychrome avec rocailles en demi-relief, 38 c. de h. Au centre, l'image de la Vierge avec l'Enfant Jésus; sur la vasque, un bouquet de fleurs. Période dite *Raphaélique*.

450 ASSIETTE polychrome, 24 c., faïence de *Savone*. A l'intérieur et au marli, un paysage avec scène pastorale surmonté d'un écusson avec attributs aux armes du cardinal François de Barthélemy de Gramont.

451 ASSIETTE polychrome, 24 c., faïence de *Savone*, même style que la précédente, n'en différant que par les motifs de paysage.

452 PETIT CRUCHON, 22 c. de h., faïence de *Callegari*, décoré d'une inscription en langue grecque.

453 SOUCOUPE polychrome à reflets métalliques. Au centre, un chien fantastique; au marli, des rayons à reflets.

454 PLAT ROND camaïeu bleu à deux teintes, 30 c., faïence de *Savone*. Toute la pièce est occupée par un sujet représentant l'*Enlèvement d'Europe*.

455 SOUCOUPE polychrome, 13 c., faïence de *Castelli*. Toute la pièce est occupée par un paysage avec personnages : *Saint Philippe baptisant l'ennuque éthiopien*.

456 ASSIETTE polychrome à bord mouvementé, 23 c., faïence de *Venise*. Tout le fond est occupé par un paysage avec personnage en costume théâtral de la pièce d'*Arlequin et Colombine* ou d'autre pièce du théâtre italien.

457 ASSIETTE polychrome, 23 c., de même fabrique et de même style que la précédente, mais avec personnage différent.

458-459 DEUX ASSIETTES polychromes, 23 c., de même style et de même fabrique que les deux précédentes, et même observation.

460 PAIRE DE VASES de pharmacie polychromes, 25 c. de h., décorés d'un écusson de chevalier.

461 PLAQUE polychrome, 22 c. sur 18 c., décorée d'un portique avec l'image de sainte Inès.

462 ASSIETTE polychrome, 21 c., bordée d'un filet ocre jaune, faïence de *Castelli*. Tout le corps de la pièce est occupé par un paysage maritime.

463 ASSIETTE polychrome, 23 c., faïence de *Savone*. Au centre, un personnage grotesque; à l'intérieur et au marli, des ruines et des branches de fleurs.

464 SOUCOUPE polychrome, 19 c., faïence de *Trévise*. Au centre, un amour aiguisant des flèches; sur le marli, très large et peint en bleu, une ornementation style Renaissance de bleu plus foncé relevé par des blancs fixes dans le genre des faïences de Nevers de la deuxième époque.

465 BÉNITIER polychrome, 38 c. de h. Au centre, l'image d'un

saint; tout autour, des anges en ronde-basse supportant : les uns, des attributs religieux; les autres, la vasque.

466 MIROIR DE VENISE avec personnage masqué gravé dans le verre et encadrement de faïence polychrome et dorée, 78 c. de h., faïence de *Novi*, style Renaissance avec ornementation de bouquets de fleurs.

467 PLAT A FRUITS polychrome à bord renversé, 35 c., faïence de *Gênes*, décoré au centre d'une tête de roi; au marli, de guillochis formant couronne.

468 PLAT ROND polychrome, 40 c., décoré au centre d'un guerrier à cheval.

469 PLAT A FRUITS polychrome et godronné, 28 c., faïence de *Gênes*. Au centre, un oiseau; au marli, sorte de guillochis formant couronne.

470 PLAT ROND polychrome de forme profonde, 30 c., entièrement occupé par un buste de femme tenant un miroir.

471 PLAT ROND polychrome, 30 c., même style que le précédent, occupé par un buste de femme tenant une fleur.

472 PAIRE DE VASES de pharmacie polychromes, 20 c. de h., décorés de fleurs avec personnages religieux. Datés de l'an 1700.

473 VASE de pharmacie polychrome, 29 c. de h., faïence de *Deruta* (XVIe siècle), avec sujet représentant un saint dans un médaillon style Renaissance. (*Pièce de musée*. — Le pareil est au musée céramique du Louvre.)

474 PAIRE DE VASES de pharmacie polychromes, 30 c. de h., faïence du XVIe siècle, décorés de blasons.

475 PAIRE DE VASES de pharmacie polychromes, 25 c. de h., ornés de médaillons avec personnages religieux, ornementation style Renaissance.

476 PAIRE DE POTICHES de pharmacie polychromes à deux anses, 29 c. de h., XVIIe siècle.

477 POTICHE de pharmacie polychrome à anses doubles, 33 c. de h., avec ornementation style Renaissance.

478 PETIT CRUCHON polychrome où la couleur verte domine, décoré sur la panse d'un médaillon avec tête d'homme.

479 VASE de pharmacie polychrome, 21 c. de h., décor style Renaissance daté de l'an 1548.

480 PETIT BEURRIER polychrome, 19 c. sur 14 c., faïence d'*Astone,* représentant une feuille de vigne.

481 PLATEAU ROND polychrome sur piédouche, 25 c., décoré d'animaux, d'arbres, de fabriques, etc.

482 PLATEAU ROND polychrome sur piédouche, 30 c., à bord festonné. Tout le fond de la pièce est occupé par un paysage avec montagnes.

483 PLATEAU ROND camaïeu bleu à deux teintes sur piédouche, avec paysage et personnage.

484 BÉNITIER polychrome, 40 c. de h., avec sujet en demi-relief représentant le baptême de N.-S. Jésus-Christ et ornementé d'anges modelés à la main.

485 ASSIETTE polychrome à bord mouvementé, 24 c., décor dit *à la pagode,* faïence de *Novi,* rappelant par sa forme et par son émail les faïences de *Moustiers.*

486
487
488 TROIS ASSIETTES polychromes, 24 c., semblables à la précédente.

ESPAGNOLES

489 PLAT ROND, faïence hispano-mauresque à reflets métalliques, 37 c. de h.

490 CRUCIFIX polychrome, 73 c. de h. avec son socle, faïence d'*Alcora,* décoré de guirlandes de fleurs et de médaillons avec attributs religieux. *(Pièce remarquable par son importance et son ornementation.)*

491 SOUPIÈRE OVALE polychrome, 37 c. sur 23 c., faïence d'*Alcora*, de style dit *rocaille*, décorée de fleurs avec branches de fruits en haut-relief sur le couvercle.

492 BÉNITIER polychrome, 38 c. de h., faïence de *Valence*, décoré d'un sujet très habilement peint, représentant la *Divina Pastora* ou la Bergère Divine, couronnée par des anges, et Saint Michel terrassant le dragon. A ses pieds, Saint Antoine de Padoue et la Vierge immaculée entourant un tableau dans lequel est représenté Saint Jean-Baptiste enfant. *(Pièce de musée.)*

493 ÉTUI DE POCHE polychrome et à pans coupés, 16 c. de l., faïence d'*Alcora*, décoré de paysages avec cavaliers combattant au pistolet; le bouchon est orné d'un portrait de femme. *(Pièce très jolie et finement peinte.)*

494 ASSIETTE camaïeu bleu à deux teintes, 22 c. Au centre, un blason de chevalier; au marli, une ornementation dans le style des faïences de Rouen.

495 PLAQUE DE BÉNITIER polychrome, 35 c., faïence de *Valence*, avec rocailles en demi-relief et enchâssé dans un cadre en bois. Au centre, un médaillon avec portrait de religieuse très habilement peint. Beau spécimen des faïences de Valence.

496 BÉNITIER polychrome, 35 c. de h. faïence de *Tarana*, avec anges, fleurs et motifs religieux se détachant en haut-relief sur le corps de la pièce.

497 PLAQUE OVALE polychrome, style Louis XV, 39 c. de h., faïence d'*Alcora*, avec rocailles et encadrement en demi-relief et représentant un portrait de roi d'Espagne, également en demi-relief.

498-499 DEUX BEURRIERS polychromes, faïence d'*Alcora*, sous forme de tourterelles.

500 PLAT ROND hispano-mauresque, 30 c., à reflets métalliques.

501 PLAT ROND polychrome à bord mouvementé, 36 c., faïence

d'*Alcora*. Au centre, un paysage avec pont et portique; au marli, des fleurs détachées.

502 PLAT OVALE polychrome à bord mouvementé, 33 c. sur 23, décoré de fleurs et de personnages dans le style des faïences de Moustiers, dites *aux grotesques*.

503 PAIRE DE GOBELETS à anse et polychrome, 16 c. de h., sous forme de tête d'homme.

504 ASSIETTE polychrome à bord mouvementé, 23 c., faïence d'*Alcora*. Au centre, un pavillon genre pagode avec coquille; au marli, des fleurs détachées.

505 PETITS PLATS hispano-mauresques, 18 c., à reflets métalliques.

506 JARDINIÈRE oblongue et ajourée, 18 c. de h. sur 41 c. de long. et 21 c. de larg., faïence à reflets métalliques.

507 PAIRE DE VASES de pharmacie, camaïeu bleu à deux teintes, 25 c. de h., aux armes du royaume de Léon.

508 PLAQUE polychrome, 27 c. sur 27 c., faïence de *Saliba* décorée d'un écusson style rocaille, surmonté d'une couronne royale et dans l'intérieur duquel est une madone, N. D. d'Atocha entourée de rayons et reposant sur des nuages et des têtes d'anges.

FAÏENCES DITES A SURPRISE

DE FABRIQUES DIVERSES

décorées de fruits, légumes, etc., en haut-relief.

509 ASSIETTE d'olives, avec bouquets de fleurs finement peints; faïence de *Sceaux*.

510 ASSIETTE de radis, avec bouquets de fleurs finement peints: faïence de *Sceaux*.

511 ASSIETTE de raisins noirs, faïence du *Midi.*

512 ASSIETTE de gâteaux avec décor de fleurs: faïence de *Montpellier.*

513 ASSIETTE d'amandes; faïence de *Moustiers.*

514 ASSIETTE de dragées avec décor de fleurs; faïence de *Montpellier.*

515 ASSIETTE d'olives; faïence du *Midi.*

516 ASSIETTE de compote de coing; faïence du *Midi.*

517 ASSIETTE avec melon; faïence du *Midi.*

518 ASSIETTE de cerises et de fraises à marli treillagé à jours; porcelaine de *Saxe.*

519 }
520 } DEUX RAISINS noirs (Beurrier); faïence de *Delft.*

521 UN CHOU avec son plateau (Soupière).

522 UN CHOU-FLEUR avec son plateau (Soupière); faïence de *Marseille.*

523 UN PETIT CHOU-FRISÉ (Petite Soupière).

524 UNE BOTTE D'ASPERGES (Beurrier); faïence de *Marseille.*

525 UN ARTICHAUT (Bonbonnière); porcelaine de J. Petit de *Paris.*

526 UN CANARD avec son plateau (Légumier); faïence de *Bordeaux.*

527 UN CANARD (Légumier); faïence de *Bordeaux.*

528 PLAT DE POISSONS; faïence imitation Palissy.

TERRES CUITES VERNISSÉES

529 GRAND PLAT OVALE, faïence de Palissy, 49 c. sur 36 c., peint à la barbotine verte et marron avec poissons et fougères en demi-relief.

530 PICHET A SURPRISE, 32 c. de h., style Henri II, avec ornements gothiques ajourés. Faïence en terre de pipe vernissée à la barbotine, à la façon des faïences de Palissy.

531 GRAND PLAT OVALE polychrome, 47 c. sur 36 c., en terre de pipe, avec poissons, grenouilles, fougères, etc., se détachant en haut-relief, tant à l'intérieur que sur le marli, peint à la barbotine bleue marbrée de diverses nuances. Ancienne imitation des faïences de Palissy.

532 DRAGEOIR ou coupe ronde vernissée en vert, 35 c., à compartiments séparés par des câbles aux extrémités desquels sont des fleurs de lys en demi-relief formant festons au marli. Faïence de Palissy. *(Pièce de musée.)*

533 PLAT ROND polychrome, style Palissy, faïence de Fontainebleau, 40 c., avec ornementation en demi-relief représentant, au centre, une femme faisant danser un jeune faune; au marli, des têtes de faunes couronnées de pampres et de jeunes enfants se livrant aux ébats provoqués par l'ivresse.

534 PLAT OVALE polychrome, de même provenance que le précédent, avec sujet en demi-relief représentant Amphitrite accoudée sur un dauphin et entourée d'enfants et de dieux marins.

535 PETIT CRUCHON à trois anses et à décor ajouré peint à la barbotine verte et marron, faïence dite *de Palissy*. Le pareil, peint en vert, est au Musée céramique du Louvre *(collection Sauvageot)*.

536 PLAT ROND et profond, vernissé en jaune, 29 c., faïence de Saintonge, orné de quatre lézards se détachant en haut-relief sur le marli.

537 PLAT OVALE, faïence de La Chapelle-aux-Pots (continuation de Palissy), 36 c. sur 30 c., peinte à la barbotine marbrée avec têtes de femmes, style Renaissance, en demi-relief autour du marli.

538 PLAT OVALE de même provenance et de même style que le

précédent, avec buste de femme au centre et têtes en demi-relief au marli.

539 PETIT CRUCHON à trois anses et à décor ajouré, peint à la barbotine verte et marron, style Palissy.

540 GLAND PLAT ROND et profond, faïence dite *des Albigeois*, 41 c., avec large ornementation jaune et verte sur fond jaune pâle.

541 PLAT OVALE, faïence de La Chapelle-aux-Pots (continuation de Palissy), 33 c. sur 26 c., peinte à la barbotine marbrée avec ornementation en demi-relief représentant, au centre, une femme tenant une corne d'abondance; au bord du marli, des motifs formant dentelle.

542 TABLEAU terre de pipe, 18 c. sur 26 c., avec sujet polychrome en demi-relief, représentant l'exposition du corps de Notre-Seigneur Jésus-Christ.

543 AUTRE TABLEAU terre de pipe, 21 c. sur 17 c., même style que le précédent, représentant l'ensevelissement du corps de Jésus-Christ.

544 PETIT TABLEAU terre de pipe, 10 c. sur 13 c., même style que les précédents, représentant la flagellation de Jésus-Christ.

545 DRAGEOIR ou coupe ronde vernissée à la barbotine de différentes couleurs, 30 c., à compartiments séparés par des câbles aux extrémités desquels sont des lances formant festons au marli. Époque Henri II. *(Pièce de musée.)*

546 ASSIETTE A AUMONES, terre vernissée du XVIe siècle, 26 c., décorée de trois personnages en demi-relief grossièrement modelés, représentant les trois personnes de la Divinité.

547 PLAT OVALE, terre vernissée en vert, 35 c. sur 28 c., avec ornementation en demi-relief représentant, au centre, une Diane chasseresse accroupie; au marli, des draperies formant festons.

548 ASSIETTE polychrome, style Palissy, faïence de Fontainebleau, 22 c., avec ornementation en demi-relief représentant la tête du Christ entourée d'enfants tenant des guirlandes de fleurs.

549 PETIT POT à mouches polychrome, peint à la barbotine, genre Palissy, avec son couvercle.

550 PLAT OVALE terre cuite non vernissée, mais peinte en vert foncé, 37 c. sur 31 c., avec ornementation de poissons, de grenouilles, de fougères en haut-relief, style Palissy. *(Pièce très ancienne.)*

551 PLAT OVALE, faïence de La Chapelle-aux-Pots (continuation de Palissy), 32 c. sur 29 c., peinte à la barbotine marbrée avec têtes d'anges en demi-relief au marli.

552 PLAT ROND, en forme de coupe, à bord dentelé et à effets nacrés, faïence de Palissy, peint à la barbotine de différentes nuances, décoré, à l'intérieur, d'un lion armé d'un glaive avec décors rayonnants, en demi-relief, dans le style bysantin. *(Pièce unique que ne possèdent ni le Musée du Louvre ni celui de Cluny.)*

553 PICHET terre vernissée de couleur verte, 20 c., représentant un chasseur endormi auprès d'un tronc d'arbre avec son chien à ses pieds.

554 PLAT OVALE dit *de Palissy*, 29 c. sur 25 c., avec sujet en demi-relief représentant la chaste Suzanne surprise au bain.

555 AUTRE PLAT OVALE de même style, 30 c. sur 25, avec sujet représentant Henri IV et sa famille.

556 PLAT ROND à bord mouvementé, 30 c., terre cuite vernissée de couleur brune avec sujet rouge brique et jaune représentant Adam et Ève. *(Fabrique de Neufchâtel.)*

557 PLAT ROND en forme de coupe, style Palissy, terre vernissée en vert avec fleur de lis en demi-relief au centre et ornements formant festons au marli.

558 PICHET terre vernissée de couleur marron, fabrique de Wokingham, décoré de personnages dorés.

559 POT A EAU terre vernissée en noir, 24 c. de h., décoré de trois médaillons avec personnages en demi-relief. *(Fabrique de Sarreguemines.)*

560 CORPS DE FONTAINE grosse terre vernissée, 33 c. de h., orné de personnages et d'animaux modelés à la main.

561 RÉCHAUD supporté par un cheval, terre vernissée à la barbotine, avec ornements modelés à la main.

562 ASSIETTE à fruits à bord déchiqueté, 23 c., terre peinte avec décor de fleurs au centre et feuillages en relief peints et dorés. *(Pièce très ancienne.)*

563 PLAT ROND polychrome terre vernissée, 31 c. Tout le fond est occupé par le portrait de François II, roi de France, avec cette inscription sur un ruban enroulé : *Christianissimus Franciscus, rex Galliæ;* le marli, par une ornementation en demi-relief obtenue à l'aide des fers de doreurs de reliure. *(Pièce très curieuse.)*

ILE DE RHODES

564 PLAT ROND polychrome et doré, 30 c., de Lindos, dit *faïence de Rhodes*, très riche en couleurs.

PORCELAINES

565 DEUX POTICHES avec couvercles, vieux Japon, 48 c. de h., à décor bleu et or.

566 ASSIETTE polychrome et dorée, 22 c., porcelaine du Japon.

567 ASSIETTE polychrome et dorée, 24 c., porcelaine de Sèvres, pâte dure, décorée d'une cocarde tricolore et d'une guirlande dorée, sur fond bleu, au marli.

568 ASSIETTE polychrome et dorée, 24 c., porcelaine de Vienne, décorée, au centre, d'un bouquet de fleurs où la couleur rouge domine; au marli, de bouquets détachés.

569 ASSIETTE polychrome et dorée, 23 c., porcelaine de Fontainebleau, décorée de médaillons en demi-relief de couleur bleue avec motifs d'enfants en grisaille. Toute la pièce ornée d'arabesques avec bouquets de fruits en demi-relief peints en gris, à deux teintes, sur fond gris pâle avec rocailles dorées formant festons, au marli.

570 ASSIETTE polychrome et dorée, vieux Chine, 23 c. Tout le fond est occupé par un blason de comte avec attributs guerriers; le marli, par des bouquets de fleurs détachés.

571 ASSIETTE polychrome et dorée, vieux Chine, 23 c., semblable à la précédente.

572 ASSIETTE camaïeu noir et or, vieux *Chine,* dit *au Jésuite.* Tout le fond est occupé par un paysage dans lequel est un Jésuite caressant une femme; le marli, par quatre médaillons : deux avec paysages, deux avec oiseaux.

573 ASSIETTE polychrome à marli treillagé et ajouré, porcelaine de Paris, 23 c. Au centre, un sujet finement peint représentant une scène de *La Jérusalem délivrée.*

574 COQUILLE polychrome et godronnée, vieux Chine, de la famille rose, 22 c., très couverte d'ornementation.

575 BOL et SOUCOUPE polychromes et dorés, 22 c., vieille porcelaine de Siam.

576 PAIRE DE VASES A FLEURS polychromes et dorés, à anses à serpents enroulés, porcelaine de Saxe, 28 c. de h., avec paysages maritimes peints sur chaque face.

577 TASSE A CAFÉ polychrome et dorée, avec sa soucoupe, porcelaine de Sèvres, pâte dure, avec décors et signature de *La France,* 1780.

578 TASSE A CAFÉ polychrome et dorée, avec sa soucoupe, por-

celaine de Sèvres, pâte tendre, fond bleu turquoise et décor Pompadour, avec guirlandes de roses.

579 TASSE A CAFÉ polychrome et dorée, avec sa soucoupe, porcelaine de Vienne, avec décors représentant des vues de Naples très habilement peintes.

MEUBLES, TABLEAUX & OBJETS DIVERS

1 PETIT MEUBLE RENAISSANCE, dit *à devises muettes* (sorte de Bonheur du jour), tout tapissé à l'intérieur de devises allégoriques brodées en fil d'or et en soie de diverses couleurs sur satin blanc. Aux armes de François Ier et de sa fille Marguerite de France. *(Pièce de musée.)*

2 COFFRET RENAISSANCE ou CASSETTE en bois d'ébène avec bronzes dorés, verres gravés (représentant des scènes de chasse) et colonnes en cristal de roche et surmonté d'une statuette de Mercure. Il mesure, avec sa console également en ébène garnie de bronzes dorés, 90 c. de h. et 1^{m}15 avec la statuette qui surmonte la cassette.

3 GRANDE ARMOIRE LOUIS XIII.

4 GRANDE ARMOIRE LOUIS XIV, avec colonnes torses aux angles. *(Très élégante de style.)*

5 BAHUT à deux corps *Henri II.*

6 BAHUT à deux corps *Louis XIII.*

7 COMMODE LOUIS XIV en marqueterie de diverses couleurs.

8 COMMODE RÉGENCE en acajou massif, remarquable par la beauté de ses bronzes.

9 SIX FAUTEUILS LOUIS XIV raquetés.

10 DEUX FAUTEUILS et DEUX CHAISES LOUIS XIV.

11 DEUX PASTELS LOUIS XV. *(Portraits.)*

12 DEUX PASTELS LOUIS XVI. *(Portraits.)*

13 DEUX MINIATURES parfaitement peintes : l'une représente Louis XIV et Marie-Thérèse sous les traits d'Apollon et de Cérès; l'autre, un portrait de femme.

14 UN LUSTRE et DEUX CANDÉLABRES verre de Venise.

15 COFFRET ITALIEN, orné de personnages, de scènes héroïques et d'attributs guerriers se détachant sur le corps de la pièce. *(Remarquable par l'ensemble et le fini de l'ornementation.)*

16 CAVE LOUIS XIII avec flacons en verre de Venise godronné et ornés d'une collerette en argent. *(Pièce de musée.)*

17 UNE PLAQUE EN ÉTAIN de Lucas (de Toulouse), 1710, représentant une scène religieuse : *La mise au tombeau.*

18 DESSIN (original) de Hoët.

19 DESSIN de Rigault, son portrait par lui-même.

20 DESSIN du Guide (Guido Reni), étude de tête de son tableau : *Le martyre de Sainte-Agathe.*

21 DESSIN de Chasselat : Portrait de femme.

22 DESSIN d'un peintre de l'École italienne : *La Résurrection.*

23 ÉBAUCHE sur carton, signée Girodet fils : *La Circoncision.*

24 AQUARELLE de H. Leprince, très soignée (Paysage).

25 ESQUISSE attribuée à Eug. Delacroix et représentant un épisode de tableau : *Le massacre de Scio.*

26 ESQUISSE attribuée au même artiste : *Descente de croix.* (Ces deux esquisses proviennent des cartons de Dauzats).

27 PETIT TABLEAU DE DAUZATS (signé), représentant : *Une vue du pont de Cubzac.*

28 TABLEAU d'ANTONY SERRES (signé), représentant des baigneuses.

29 GRAND TABLEAU d'A. COOSMAN (signé), représentant : *La réception d'un Ambassadeur de Louis XIV, le marquis de Nointel et sa suite, par le sultan de Constantinople.*

30 AUTRE GRAND TABLEAU du même artiste (signé), représentant : *La réception du même ambassadeur par le grand-visir Kuprili.* (On sait que le marquis de Nointel avait amené avec lui deux peintres à qui il fit dessiner tous les objets d'art et d'antiquité qui frappaient son attention.) *(Pièce de musée.)*

31 TABLEAU peinture espagnole, école de Murillo, représentant *La Divina Pastora* ou la Bergère divine entourée de brebis qui lui apportent des roses. *(Pièce de musée.)*

32 ESQUISSE provenant des cartons de Dauzats : *Le repos de la Vierge.*

33 HORLOGE flamande, 1760.

34 PAIRE DE FEUX Louis XVI.

35 COFFRET LOUIS XIII orné de plaquettes en cuivre estampé et gravé représentant des personnages et des scènes du moyen âge.

36 CAISSE A BOIS ou coffre bois sculpté du XIIIe siècle et autres objets non catalogués.

Bordeaux. — Imp. G. Gounouilhou, rue Guiraude, 11.

www.ingramcontent.com/pod-product-compliance
Ingram Content Group UK Ltd.
Pitfield, Milton Keynes, MK11 3LW, UK
UKHW021008180726
13838UKWH00003B/1489